The Little Red Hen
La gallinita roja

APTED BY / ADAPTADO POR
eresa Mlawer

LUSTRATED BY / ILUSTRADO POR
lga Cuéllar

Adirondack
Books

Once upon a time, there was a Little Red Hen who lived in a cottage with her five baby chicks. The cottage was near an old farm surrounded by trees and fields of golden wheat.

The Little Red Hen worked very hard. She kept her house very clean, and she always made sure her baby chicks had enough to eat.

Había una vez una gallinita roja que vivía en una cabaña con sus cinco pollitos. La cabaña estaba muy cerca de una granja rodeada de árboles dorados campos de trigo.

 La gallinita roja era muy trabajadora. Siempre tenía su casa limpia, se aseguraba de que sus hijitos tuvieran suficiente comida.

On the farm lived a pig, a lamb, and a cat. Unlike the Little Red Hen, however, they were all very lazy. They liked having a clean house and food on the table, but they never wanted to do any work.

En la granja vivía un cerdo, un cordero y un gato. Al contrario de la gallinita roja, todos eran muy perezosos. Les gustaba tener una casa limpia y comida en la mesa, pero nunca querían trabajar.

One day, the Little Red Hen was sweeping her yard when she found some wheat kernels. She immediately thought of planting them. She carefully put the kernels in her apron pocket and finished sweeping the yard.

Un día, la gallinita roja barría el patio de su casa cuando encontró varios granos de trigo. En seguida pensó en sembrarlos. Los guardó con cuidado en el bolsillo de su delantal y terminó de barrer el patio.

7

Early the next morning, the Little Red Hen set out to plant the wheat kernels. On her way, she passed by the farm and saw her friends resting under a tree. She called to them and asked:

"Who will help me plant these wheat kernels?"

"Not I," said the pig.

"Not I," said the lamb.

"Not I," said the cat.

"Then I'll do it myself," said the Little Red Hen. And she did.

A la mañana siguiente temprano, la gallinita roja salió a sembrar los granos de trigo. En el camino, pasó frente a la granja y vio a sus amigos descansando bajo un árbol. Los llamó y les preguntó:

—¿Quién me ayudará a sembrar estos granos de trigo?

—Yo no —dijo el cerdo.

—Yo no —dijo el cordero.

—Yo no —dijo el gato.

—Entonces lo haré yo solita —dijo la gallinita roja. Y así lo hizo.

The Little Red Hen, along with her baby chicks, went to a nearby garden and began digging up the soil to plant the seeds.

La gallinita roja, junto con sus pollitos, fue a un huerto cercano y comenzó a cavar la tierra para sembrar las semillas.

Once the seeds were planted, she watered them.

"If we water the seeds, the wheat will grow, and we will have plenty o eat," said the Little Red Hen to her chicks.

Una vez sembradas las semillas, las regó con agua.

—Si regamos las semillas, el trigo crecerá, y tendremos suficiente comida –dijo la gallinita roja a sus pollitos.

Every day, the Little Red Hen went to the garden to water the seeds.
Soon the wheat began to grow, and eventually it was time to harvest it.
The Little Red Hen then asked her friends for help.

"Who will help me harvest the wheat?" she asked.

"Not I," said the pig.

"Not I," said the lamb.

"Not I," said the cat.

"Then I'll do it myself," said the Little Red Hen. And she did.

La gallinita roja iba todos los días al huerto a regar las semillas.

El trigo comenzó a crecer y, finalmente, llegó el momento de .egarlo. Entonces la gallinita roja pidió ayuda a sus amigos.

—¿Quién me ayudará a segar el trigo? —preguntó.

—Yo no —dijo el cerdo.

—Yo no —dijo el cordero.

—Yo no —dijo el gato.

—Entonces lo haré yo solita –dijo la gallinita roja. Y así lo hizo.

The Little Red Hen filled her red wagon with the wheat, and on her way home she ran into her friends.

"Who will help me take the wheat to the mill?" she asked.

"Not I," said the pig.

"Not I," said the lamb.

"Not I," said the cat.

La gallinita roja llenó la carreta roja con el trigo y, de regreso a su casa, se encontró a sus amigos.

—¿Quién me ayudará a llevar el trigo al molino? —preguntó.

—Yo no —dijo el cerdo.

—Yo no —dijo el cordero.

—Yo no —dijo el gato.

"Then I'll do it myself," said the Little Red Hen. And she did. She went to the mill, along with her baby chicks, and she ground the wheat into flour.

—Entonces lo haré yo solita —dijo la gallinita roja. Y así lo hizo. ue al molino, junto con sus pollitos, y molió el trigo para hacer harina.

When the Little Red Hen got home, she thought about what she would make with such fine flour. She decided to bake a nice loaf of bread for herself and her baby chicks. When the bread was ready, they would eat it with homemade strawberry jam.

Cuando la gallinita roja llegó a la casa, pensó en qué haría con una harina tan fina. Entonces decidió que hornearía un rico pan para ella y sus pollitos. Una vez que el pan estuviera listo, lo comerían con mermelada de fresa casera.

Her friends followed her home from the mill. They were so curious that they came close and looked into her window. When the Little Red Hen saw them, she asked, "Who will help me make this flour into dough for the bread

"Not I," said the pig.

"Not I," said the lamb.

"Not I," said the cat.

Sus amigos la siguieron desde el molino hasta la casa. Sentían tanta curiosidad que se acercaron a mirar por la ventana. Cuando la gallinita roja los vio, les dijo:

—¿Quién me ayudará a preparar la masa para hacer el pan?

—Yo no —dijo el cerdo.

—Yo no —dijo el cordero.

—Yo no —dijo el gato.

"Then I'll do it myself," said the Little Red Hen. And she did.
She mixed the flour with other ingredients to make dough for a nice loaf of bread.

—Entonces lo haré yo solita —dijo la gallinita roja. Y así lo hizo.
Mezcló la harina con otros ingredientes y preparó la masa para hacer un rico pan.

Soon the house was filled with the delicious aroma of freshly baked bread. Drawn in by the smell, the three friends knocked on the window.

The Little Red Hen opened the window and asked, "Who will help me eat this freshly baked loaf of bread?"

"I will," said the pig.

"I will," said the lamb.

"I will," said the cat.

Pronto la casa se llenó del delicioso aroma de pan recién horneado. Atraídos por el olor, los tres amigos tocaron a la ventana.

La gallinita roja abrió la ventana y les dijo:

—¿Quién me ayudará a comer este delicioso pan recién horneado?

—Yo —dijo el cerdo.

—Yo —dijo el cordero.

—Yo —dijo el gato.

"Oh no, you won't," said the Little Red Hen. You didn't help me plant the kernels, water the seeds, harvest the wheat, or mill it. You didn't help me make the dough or bake the bread. Therefore, only my baby chicks and I will eat this delicious loaf of bread."

—Pues no, no lo comerán. No me ayudaron a sembrar los granos, ni a regar las semillas, ni a segar el trigo, ni a molerlo. No me ayudaron a hacer la masa ni a hornear el pan. Por lo tanto, solo mis pollitos y yo comeremos este delicioso pan.

Soon after that, the Little Red Hen found some corn kernels in her yard. But this time, all her friends from the farm helped her plant the kernels, water the seeds, harvest the corn, and make delicious cornbread. Once it wa done, they celebrated together and ate the cornbread with some scrumptiou hot chocolate.

22

Un tiempo después, la gallinita roja encontró unos granos de maíz en su patio. Pero esta vez todos sus amigos de la granja la ayudaron a sembrar los granos, regar el huerto, segar el maíz y hacer un delicioso pan de maíz. Cuando estuvo listo, celebraron todos juntos y comieron el pan de maíz con un exquisito chocolate caliente.

What lesson have we learned from this story?
It's important to help others if you want to share in the rewards of hard work.

¿Qué lección hemos aprendido de esta historia?
Es importante ayudar a otros si quieres disfrutar del beneficio de tu trabajo.

FOR INFORMATION, PLEASE CONTACT ADIRONDACK BOOKS, P.O. BOX 266, CANANDAIGUA, NEW YORK, 14424

ISBN 978-0-9864313-2-6   10 9 8 7 6 5 4 3 2 1   PRINTED IN CHINA